Te 151
770

LETTRE

DE

M. VALLI A M. ASTIER,

Sur la découverte de la vertu anti-fermentescible de l'Oxide rouge de mercure.

LETTRE

DE

M. VALLI A M. ASTIER,

Sur la découverte de la vertu anti-fermentescible de l'Oxide rouge de mercure.

Noli me tangere.

Monsieur N***, rabbin, instruit de notre découverte (1), vient de m'adresser un article épistolaire conçu en ces termes :

« .... Il est facile de vous démontrer que
» le Législateur des Hébreux connaissait l'art de prévenir
» la décomposition spontanée des substances animales ou vé-
» géto-animales. — Moyse défendait à son peuple de garder
» la manne jusqu'au lendemain ; quelques-uns ne l'écoutèrent
» pas , les vers y pullulèrent et la corruption s'y mit. — *Dixit-*
» *que Moyses ad illos : nullus relinquat de eo in manè; qui non*
» *audierunt eum , sed demiserunt quidam ex eis usque manè;*
» *et scatere cœpit vermibus, atque computruit ; et iratus est*
» *contrà eos Moyses* (2). Et plus bas , dans le même Livre,
» on lit : que Moyse dit à son frère de remplir un vase de
» manne et de l'exposer dans le tabernacle , devant le Seigneur,
» et elle se conservait encore lors de la sortie du peuple de

---

(1) *Voyez* l'article inséré dans le bulletin de Pharmacie du 27 septembre 1814.

(2) Exod. , c. XIII.

» Dieu de la terre de Chanaan. — *Dixit que Moyses ad Aaron :*
» *Sume vas unum et mitte ibi man quantùm potest capere*
» *gomor, et repone coram Domino ad servandum in gene-*
» *rationes vestras. — Filii autem Israel comederunt man*
» *quadragenta annis donec venirent in terram habitabilem,*
» *usquequò tangerent fines terræ Chanaan.* »

Moyse s'étant proposé de tracer l'Histoire de la création du
monde et d'écrire la vie des grands hommes qui l'avaient
précédé, recueillit soigneusement les traditions anciennes du
genre humain. Il ne lui fallut pas les déterrer de loin. — Il
naquit cent ans après la mort de Jacob. Les vieillards de
son temps avaient pu converser plusieurs années avec ce saint
patriarche. La mémoire de Joseph et des merveilles que Dieu
avait faites par ce grand ministre des rois d'Egypte, était
encore récente. La vie de trois ou quatre hommes remontait
jusqu'à Noë, qui avait vu les enfans d'Adam, et touchait pour
ainsi dire à l'origine des choses. Ainsi Moyse savait tout :
mais il ne nous a pas transmis dans ses ouvrages, toutes les
traditions, car cela n'entrait pas dans son plan et moins encore
dans ses vues politiques. — Cet historien sublime dit que les
antédiluviens apprirent d'abord l'agriculture, l'art pastoral,
celui de se vêtir; mais il ne parle pas de leurs inventions
successives ni de leurs découvertes. — Il est certain cependant
qu'ils en firent, et celle de la fixation du mercure par le feu
en est une. — Le précipité *per se* était la panacée des antédiluviens. Ils s'en servaient pour guérir de la gale, de la teigne,
de la lèpre, etc.; pour tuer les vers, les insectes : peut-être
s'en servaient-ils pour empêcher la putréfaction des corps privés
de vie. Ce fut toujours par ce réactif que Noé mit à l'abri de
la corruption l'eau et toutes les provisions qui servirent de
nourriture à lui, à sa famille et à cette immense variété d'animaux carnivores et herbivores renfermés dans l'arche. — Eclairé
par la tradition, le législateur des Juifs opère le même prodige
dans le désert. — Les prodiges qui ne venaient pas de la main
de Dieu, formaient la science occulte des hommes qui gou-

vernaient la nation, ou qui régnaient en tyrans sûr les con-
sciences. — Parmi les prêtres et les pharisiens, il y en eut
qui mirent par écrit leurs rites et leurs mystères. — Quelques-
uns des manuscrits de ces imposteurs sont parvenus jusqu'à
nous. — « Des personnes qui ne peuvent ni se tromper ni mentir,
attestent que vous possédez la traduction d'un de ces manuscrits, et que c'est là que vous avez puisé la découverte
de la vertu anti-fermentescible de l'oxide rouge de mercure. »

Cette histoire, mon cher Valli, vaut bien celle qui a été
inventée par Coulon, commentée par Laubert et sanctionnée
par Astier. — Ils s'imaginèrent de persuader au monde qu'en
Bourgogne de jeunes étourdis jettent dans les cuves la *poudre
pédiculicide* (le précipité rouge), pour empêcher la fermentation vineuse ; et cela avec le *but innocent de faire enrager
le voisin.* Risum teneatis amici. — Ces messieurs ont-ils perdu
la tête ? est-ce qu'en Bourgogne on vend ce poison au milieu
des places et dans les rues, comme on y vend les pommes
cuite ? les propriétaires de la Côte-d'Or sont-ils des cretins ?
sont-ils imbécilles au point de permettre à ces espiègles d'entrer
librement dans les celliers pour y jouer un si beau tour ? L'art
de faire le vin est aussi ancien que la vigne ; nous possédons
plusieurs ouvrages sur cette matière ; mais parmi les auteurs
qui s'en sont occupés, il n'y en a pas un seul qui fasse men-
tion de l'oxide rouge de mercure, comme d'un moyen propre
à retarder la fermentation trop tumultueuse du moût, ou
capable de l'arrêter tout-à-fait. Ce phénomène extraordinaire
aurait sans doute fixé leur attention, comme il a fixé celle
de Laubert et d'Astier ; d'où je conclus que ces Messieurs
nous ont narré une fable des plus jolies possibles. « La fable,
dit Desmouthiers, ressemble à la plupart de nos Parisiennes,
dont l'esprit n'est jamais plus aimable que quand il brille aux
dépens du bon sens.»

Pour peu que vous eussiez analysé la traduction de M. Coulon,
maître de l'Hôtel-du-Jour, vous seriez parvenu, mon cama-

rade, à en obtenir le même résultat que le rabbin anonyme.
—Votre crédulité est d'autant plus scandaleuse, que, de longue
date, vous connaissez à fond cet original. Aussi vous l'avez
peint vous-même, et d'après nature sans doute : « Coulon est
un bon réjoui qui, comme tous les maîtres-d'hôtel de la Capi-
tale, s'occupe plus de gastronomie que de science, et qui,
pourvu qu'il ait beaucoup de places remplies à sa table d'hôte,
s'inquiète fort peu qu'on lui en réserve une au Temple de
Mémoire. » — Voilà votre auteur classique. — En annonçant
aux doctes la prétendue observation de ce profane, vous avez
eu la sainte intention de rassurer les esprits pusillanimes et
incertains sur l'usage du précipité rouge. « Monsieur Laubert,
ainsi que moi, dites-vous, n'avons eu d'autre but en cela que
de faire voir l'innocuité du réactif dans la préparation du sirop
de raisin ; car si le précipité rouge communiquait au moût
des qualités vénéneuses, les magistrats de Bourgogne auraient
sans doute, dans leur sagesse, pris des mesures répressives
contre les étourdis ; et puisqu'ils ne l'ont pas fait, c'est une
preuve que la chose est sans conséquence sous le rapport de
la salubrité.... » — C'est un vrai galimathias que votre raison-
nement. — Vous prétendez que le précipité rouge arrête dans
toutes ses périodes, la fermentation vineuse, mais qu'on ne
punit pas les enfans par la raison que l'emploi de ce réactif
est sans danger. Il sera sans danger, je n'en doute pas ; mais
comme on ne peut pas arrêter la fermentation vineuse sans
qu'il en résulte la perte du produit, il est plus qu'absurde
de croire que des magistrats sages ne préviennent pas, par
des lois pénales très-sévères, un mal qui jetterait un grand
nombre des habitans de la Bourgogne dans une misère ex-
trême et dans le désespoir. — Cette considération qui s'offre
d'elle-même à l'esprit de l'homme un peu sensé, aurait dû
vous rendre suspecte l'histoire de M. Coulon. — Vous auriez
pu prendre des renseignemens plus exacts, pour ne pas vous
exposer aux reproches et au mépris des savans. — La lecture
des pièces suivantes vous fera sentir combien la méfiance et les
précautions que je vous prêche, vous étaient nécessaires.

Lettre de M. Guinot , Capitaine du Génie, à M. Valli.

J'ai pris, mon cher camarade , toutes les informations possibles dans tous les pays vignobles où j'ai passé , sans rien pouvoir découvrir sur l'usage du précipité rouge. J'ai interrogé un homme âgé de 82 ans, versé dans l'art de cultiver la vigne, et célèbre fabricant de vins de Bourgogne, qui m'a dit n'avoir jamais ouï parler de cette poudre , et même il doutait que cette poudre, de quelque nature qu'elle fût , pût résister à la force du raisin dans la cuve. Le vieillard se nomme Chevretaux , vigneron dans la commune de Pisy , département de l'Yonne.

Verdonnet , 15 décembre 1814.

Signé GUINOT.

Lettre de M. Morelot , Docteur en Médecine, à M. Silvi, Médecin en chef de l'hôpital de Grenoble.

Je n'ai reçu qu'hier , mon ami , votre lettre du 15 mai, qui par conséquent a mis six jours à me parvenir. Au moment où on me la remit, je partais pour aller voir des malades à Volnay , Pomard et dans un autre village des plus renommés de notre côte. Je jugeai que c'était là où je pourrais le mieux m'assurer du fait que vous desirez connaître. J'eus occasion , effectivement, d'y voir et des propriétaires fort riches et des vignerons fort instruits. Tous m'assurèrent unanimement que jamais ils n'avaient ni vu ni ouï dire que l'on pût arrêter la fermentation, et qu'il était faux que les enfans de nos pays connussent des secrets propres à produire la suspension de la fermentation vineuse. Quant à la découverte de M. Valli, nous n'avons aucun motif pour la revendiquer ; car toute notre Bourgogne ne l'a jamais connue, et il est à desirer pour nous qu'elle ne la connaisse jamais. — Aujourd'hui nous dormons tranquilles sur nos raisins quand ils sont dans nos cuves, et si pareil procédé venait à être mis à la portée de tout le monde, nous pourrions avoir de fortes appréhensions. — Ce serait une grêle qui tomberait sur nos pressoirs. La découverte de M. Valli est très-belle ; mais s'il pouvait partir du principe qui détruit, pour arriver à un principe qui pourrait accélérer la fermentation, la découverte serait encore plus utile. Il est sur la voie, et un pas encore, peut-être trouvera-t-il ce moyen. Nous savons très-bien qu'en échauffant les cuves, qu'en y ajoutant du sucre, on produit cet effet ; mais je demande quelque chose de plus simple. Si l'oxide rouge de mercure arrête la fermentation, pourquoi un autre oxide ne l'exciterait-il pas ? Je ne vois rien d'impossible à la chimie moderne. Vous seriez bien aimable de m'envoyer la petite brochure de M. Valli.

Beaune, le 22 décembre 1814.

Signé MORELOT.

Lettre de M. Tronney à M. Pasquier, secrétaire à la Préfecture de Grenoble.

Auxerre, 14 janvier 1815.

J'ai reçu votre dernière, mon cher compatriote, et je me suis empressé de faire toutes les perquisitions pour avoir une solution à la question que vous m'avez faite.

Routiniers dans la manière de faire leur vin dans nos

contrées, les propriétaires-vignerons du département de l'Yonne n'emploient jamais aucune ressource chimique pour augmenter ou diminuer la fermentation dans leurs cuves. Soyez assuré que la méthode par le précipité rouge est absolument inconnue, ignorée et inusitée en Basse-Bourgogne. J'ai consulté tous les expérimentés, et même réponse partout.

Signé TRONNEY.

Lettre de M. Bonat à M. Valli.

Autricourt, ce 4 octobre 1815.

Je viens de faire moi-même un voyage dans les vallées de Giey, Neuville, Courtran, Busseuil, Lendreville, Loche-les-Ricey, etc. J'y ai pris des meilleurs propriétaires et vignerons, d'exacts renseignemens sur l'objet dont vous m'avez chargé. Ils n'ont jamais ouï parler, m'ont-ils dit, qu'on se fût servi du précipité rouge pour arrêter la fermentation des vins dans la cuve. Ils ne connaissent cette drogue que comme dangereuse, et jamais on n'a eu l'idée, dans les vallées ni dans les Ricey, d'arrêter la fermentation vineuse par le moyen du précipité rouge. Je puis vous citer, à Giey, MM. Rouge; à Neuville, M. Lucron; à Busseuil, MM. Piolo et Rabel, etc., tous propriétaires et vignerons, qui m'ont assuré n'avoir fait, ni ouï dire que l'on eût jamais fait aucun usage de la susdite poudre pour produire l'effet en question.

Signé BONAT.

Etant en Bourgogne , j'ai eu l'honneur de connaître
MM. Vienot de Dijon, Morel de Nuits, Moreleau, Mois-
sency, Morelot de Beaune , et beaucoup d'autres , les plus
fameux fabricans de vin de la Côte-d'Or , tous fort instruits
et par leur propre expérience et par la lecture des meilleurs
ouvrages sur la vinification. Je leur communiquai l'article de
la lettre de M. Laubert , où ce Monsieur annonce avec con-
fiance le fait rapporté par Coulon.—Tous s'écrièrent : M. Coulon,
maître de l'Hôtel-du-Jour, est un farceur.

En regardant avec le prisme de l'ambition , le conte , la
favolata de votre aubergiste, vous avez vu que ma découverte
allait être éclipsée par celle dont vous vous appelez modeste-
ment le créateur original. C'est pour cela que vous avez ré-
pandu avec tànt de prodigalité des exemplaires de l'article inséré
dans le *Bulletin de Pharmacie* de septembre 1814.

Dès les premières pages de votre réponse à ma Lettre, je
m'étais déjà aperçu que vous desiriez fortement me faire un
vol. — Que d'éloges, grand Dieu ! que d'assurances d'amitié et
d'estime sentie ! En me rappelant le malheur qui arriva à un
célèbre corbeau *in temporibus illis*, quand les renards parlaient,
je lus votre brochure avec méfiance , et je remarquai que plusieurs passages de ma Lettre n'étaient pas rendus ni interprétés
fidèlement, que d'un bout à l'autre de cet écrit il régnait un
ordre de confusion étudiée ; je remarquai enfin, une expression
qui ne laisse pas le moindre doute sur votre dessein et vos pré-
tentions : — Vous dites et vous redites que c'est par inspiration
que vous fites vos premiers essais sur le précipité rouge, ainsi
que sur le camphre. Malheureusement vous vous êtes démenti
d'avance et de la manière la plus solennelle. — Ma découverte
était déjà vieille et presque mourante, lorsque vous la fîtes
revivre et briller de nouvel éclat par votre excellent ouvrage
sur le mutisme, — A cette occasion vous écriviez : « La belle
découverte du célèbre docteur Valli, de la propriété anti-fermentescible de l'oxide rouge de mercure, s'étant présentée à

ma pensée, j'en ai fait l'application, et le succès a été complet........; mais il a le grave inconvénient de porter l'effroi dans l'imagination, par l'idée d'une substance vénéneuse employée pour une préparation destinée à l'usage interne......, et j'entrevois à regret, qu'il sera peut-être de la belle découverte de Valli, comme il en a été de la découverte des vertus médicinales de l'antimoine...... » Je n'ai aucun intérêt à préconiser une découverte qui n'est pas de moi.......

Or votre prétendue inspiration n'est au fond qu'une tardive arrière-pensée.

Quant à la découverte anti-putrescible, et anti-fermentescible et insecticide du camphre, je laisse à de meilleurs juges à prononcer sur la légitimité de vos droits : M. Breslau, médecin des armées, paraît vous en contester quelques-uns. — En parlant des expériences qui démontrent la propriété antiputride du camphre, ce docteur observe que ces mêmes expériences avaient été faites par Pringle, et qu'on trouve de pareilles observations dans un essai pour servir à l'histoire de la putréfaction. Bacon, ce grand génie, avait autrefois appelé l'attention des médecins philosophes sur la recherche des moyens propres à prévenir ou à arrêter la putréfaction. « It is of excellent use to enquire into the means of preventing or staying putrefaction, which makes a great part of physic and surgery. » Pringle, pénétré de l'importance de ce travail, s'en occupa. Le camphre est une des substances auxquelles il reconnut la vertu anti-septique : mais l'illustre auteur n'examina pas l'action de ce réactif sur les substances végétales, parce qu'il ne se doutait pas que celles-ci, comme les substances animales, renfermassent un levain analogue, et qu'un même réactif eût pu être à la fois anti-putrescible et anti-fermentescible. — Inspiré par des connaissances toutes récentes, vous vous êtes rendu maître d'un champ laissé à l'abandon et vous y avez récolté.

« Ce champ ne se peut pas tellement moissonner
» Que les derniers venus n'y trouvent à glaner. »

Si la découverte en question ne vous appartient pas en entier, si la mienne ne vous appartient nullement, la théorie que vous établissez pour expliquer l'action du camphre et de l'oxide rouge de mercure sur les substances animales et végétales, cette théorie est toute à vous. — Pour lui donner le ton d'une doctrine, vous l'enrichissez de maints exemples de générations spontanées, et vous ne craignez pas de fatiguer ma patience en m'invitant sans cesse à fixer mon attention sur tout ce que vous dites à cet égard. — Il me semble que vous avez lu ma Lettre à la hâte et sans réflexion. Relisez-la encore, et vous trouverez aux pages 15, 16, 17, 18 ce qui suit : « Les vers, d'après ma manière de voir, ou sont le produit de la fermentation et de la putréfaction, ou bien ces procédés sont des conditions essentielles à leur développement et à leur existence. — On n'a qu'à changer le mode de décomposition pour obtenir des races diverses. — Un petit morceau de chair (de bœuf, par exemple) mis dans un vaste récipient rempli d'eau et exposé aux rayons ardens du soleil, engendre, en se décomposant, des vers tout-à-fait particuliers. — Nulle production de gaz ammoniacal, nulle mauvaise odeur. Développement d'air vital. — Les livres de Médecine fournissent une foule d'exemples frappans de ces générations nouvelles. — C'est pour l'ordinaire chez les malheureux nourris dans la misère, misérablement vêtus, sales, dégoûtans, qu'elles ont lieu. — En 1792, il se présenta à l'hôpital civil de Mantoue, un pauvre paysan qui avait une tumeur volumineuse au cou et qui en occupait toute la partie antérieure ; il fut reçu dans la clinique de M. Concordi. — Le professeur ouvrit la tumeur sans délai. — Le sac ne renfermait pas seulement du pus : une armée de vers y séjournait. Leur fourmillement faisait frisonner. *Faceva ribrezzo e orrore*, pour me servir de l'expression de mon collègue. — La semence de melon coupée à sa partie la plus large, vous représente l'image de la forme et de la grandeur de ces vers ; à la base du cône on voyait une infinité de poils très-fins. — Trois anneaux à égale distance sur leur corps ; si on les touchait ils se roulaient de la même façon que les vers que nous appelons *mille-*

pieds; telle était aussi la forme qu'ils prenaient lorsqu'on les laissait tomber par terre. Ils retrécissaient leur corps avant de marcher et ils allaient quelquefois par saut. — A la mort du malade, tous ces animalcules l'abandonnèrent à la hâte et se dispersèrent dans la salle.

Il faudrait supposer dans les corps organiques, autant de germes qu'il y a de variétés de vers, et elles peuvent être innombrables, ce qui est un peu difficile à concevoir. — Il est clair par ces passages, que je n'ai pas nié les générations spontanées; j'ai voulu, au contraire, ridiculiser votre système sur les vers, comme il est facile de s'en convaincre par l'ensemble de ma Lettre.

Au reste, l'opinion dont vous vous faites aujourd'hui l'avocat ardent, a été déjà soutenue et mise au rang des plus grandes vérités par Kircherus : ce savant Jésuite posait en principe que les élémens ou molécules des corps sont indestructibles, et que les mêmes élémens ou molécules mises en liberté par la putréfaction, se réunissent encore pour former d'autres êtres doués de vie et de volonté.

Aucun animal, dit-il, ne peut avoir origine de la simple combinaison des élémens ; il faut le concours des autres principes dont les différens mixtes se composent, il faut encore le concours de l'humidité et de la chaleur. — Il n'y a pas dans les deux règnes un seul corps qui en se décomposant n'engendre des insectes :

Obnoxia cuncta putrori
Corpora putrores insecta animata sequuntur.

(Lucrèce.)

Le sang des fiévreux, le lait, le vinaigre, l'eau même, la glace, la neige, l'air enfin, la terre, tout fourmille d'insectes ; mais c'est dans les cadavres des hommes et des brutes que cette génération se développe avec le plus de vigueur.

Les expériences entreprises par l'auteur afin de convertir les mécréans et leur faire embrasser son opinion, présentent des résultats tout-à-fait curieux. — Exposez une petite portion de chair à *l'humidité de la lune* pendant la nuit et jusqu'à la pointe du jour ; examinez-la attentivement avec un microscope, et vous y trouverez une quantité infinie de petits animalcules de différentes espèces. — Le fromage, le lait, le vinaigre vous offriront le même spectacle. — Si on coupe un serpent en petits morceaux, qu'on les macère dans l'eau de pluie, et qu'ensuite, après les avoir exposés au soleil, on les enterre pendant l'espace de 24 heures, la chair entièrement putréfiée se trouve remplie d'une telle quantité de petits serpens, qu'on ne peut en fixer le nombre.

Cose da fur spiritare i cani.

Les insectes qui naissent dans le mucus des herbes, sont tous fournis d'ailes. — Dans la poudre cariée d'un bois quelconque, il y en a d'ailés, de cornus, de polyformes. — Terminons par une expérience facile à répéter et qui est bien amusante. Il ne s'agit que de jeter de la terre dans de l'eau, et exposer le vase au soleil dans la saison des chaleurs. L'eau se corrompt ; en même temps il s'élève sur toute la surface du fluide, de petites vésicules dont chacune se métamorphose successivement en animalcules qui d'abord frétillent, *squizzano*, jouent dans cet élément, déploient ensuite leurs ailes, et vont tourmenter les hommes et les animaux.

La génération des insectes n'a pas lieu seulement dans les substances animales et végétales mortes, mais encore dans le sein de l'homme vivant, ainsi que de tous les autres animaux. — Ces générations sont le produit de la corruption des humeurs. — Les miasmes ou effluves contagieux n'ont pas d'autre origine. — Leur influence s'exerce sur la masse humorale, de même que sur le système nerveux et les organes les plus nobles. — On doit considérer ces effluves comme autant de

fermens qui impriment au sang et à la lymphe, la faculté de
multiplier des êtres à l'image et similitude de leurs générateurs.
(*Kircherus* , *lib. I* , *cap. X. De Peste.*)

Vos idées sur les générations fortuites et sur la nature des
miasmes, se trouvent parfaitement d'accord avec les principes
du Jésuite que je viens de vous faire connaître. — Vous vous
éloignez cependant de celui-ci, sur l'article de la putréfaction;
car, d'après vous, ce sont les insectes qui déterminent, opèrent
et achèvent la fermentation et la putréfaction, tandis que Kircherus considère vos analystes comme le produit naturel et
presque nécessaire de ces deux procédés.

Vous pensez que les molécules organiques, en se combinant
de telle ou telle manière, donnent naissance à des larves de
différentes espèces, et que celles-ci végètent et prospèrent en
décomposant, par le système dermoïde, les substances au
milieu desquelles ces nouveaux individus se trouvent.

Que certaines larves dont l'organisation est plus compliquée
et plus parfaite encore que celle des animaux supérieurs, se
forment de toutes pièces, on peut le croire comme on croit
aux mystères, et l'œuvre de la génération en est un; mais
jamais on ne saura se persuader que ces enfans du hasard
soient les instrumens de la fermentation, tandis qu'ils naissent
de la fermentation même. — En effet, les molécules organiques étant intimement combinées avec tous les autres principes d'un mixte, ne peuvent être mises en liberté sans que
la décomposition de la masse entière n'ait lieu. — Passant sur
cette difficulté comme sur bien d'autres, vous vous en appelez à l'observation.

« Un exemple, dites-vous, un exemple frappant de décomposition par les insectes, est où, au lieu des animalcules formés
de toutes pièces par les molécules organiques, nous ferons in-
tervenir des œufs fécondés par copulation, comme cela arrive
lorsqu'une mouche vient pondre sur un morceau de viande.

— Tout le monde sait que dans ce cas la putréfaction a lieu
bien plus promptement dans les endroits où les vers naissent
que partout ailleurs. » — Cette observation ne prouve rien. —
Guidée par le tact de l'odorat, la mouche carnassière pond
sur les parties de la viande qui les premières donnent des in-
dices de corruption. — Leurs petits en naissant piquent les chairs,
en détachent, en attirent autant de particules qu'il leur en faut.
— Par ce mécanisme ils augmentent beaucoup la surface du
morceau qu'ils dévorent. L'air atmosphérique agissant alors sur
un plus grand nombre de points, accélère nécessairement la
putréfaction. — Peut-être encore la salive des insectes se com-
porte ici comme un levain. — C'est des naturalistes que j'em-
prunte cette idée, et elle me paraît juste. — La salive très-
copieuse chez les insectes est dissolvante, caustique, même
vénéneuse. — La moindre blessure des araignées tue les sca-
rabées, les mouches, etc. En 1285, des mouches, qui dif-
féraient des mouches ordinaires par la forme et la grandeur,
firent périr dans la ville de Gérone, de mort instantanée,
plus de 40,000 soldats français de l'armée de Don Philippe,
et le Roi lui-même en fut une victime. — La perte des chevaux
fut égale à celle des hommes (1).

« Les larves des mouches (*Nota bene*) ne quittent point leur
peau pour se métamorphoser : cette peau extérieure se durcit,
devient écailleuse et forme comme une coque oblongue, de
couleur brune rougeâtre ou marron, qui renferme toutes les
parties de l'insecte. Dans cette espèce de coque la larve prend
d'abord la figure d'une boule allongée à laquelle on ne voit
aucune partie distincte ; elle n'est que comme une simple masse
de chair molle ; ensuite cette boule se développe et prend la
figure d'une nymphe à laquelle on voit toutes les parties exté-
rieures de la mouche. Après être restées plus ou moins long-

---

(1) *Dormés*, *Qeyes* d'Aragon.

temps dans leurs coques, elles les brisent avec la tête et les quittent. (*Dictionn. d'Hist. Nat.*)

» Il existe un grand nombre de larves de mouches et d'oestres. Les unes vivent des chairs des animaux morts, d'autres dans les excrémens, quelques-unes habitent dans le corps des chenilles, des moutons, des chevaux, des jeunes vaches et des jeunes bœufs : il y en a qui vivent de substances végétales, de fragmens de feuilles pourries. — Tous ces parasites sont sucés et dévorés à leur tour par des larves ou des insectes d'un ordre inférieur, ceux-ci par d'autres encore, et ainsi de suite. — Il nous est impossible de suivre la nature dans cette étonnante progression, mais on doit présumer que l'organisation des larves infiniment petites et invisibles, ne diffère point de celle des larves et des insectes qui tombent sous nos sens. — C'est l'analogie qui nous commande d'en juger ainsi. — C'est elle qui nous dit dans son langage philosophique, qu'il est extravagant d'attribuer aux pores inorganiques de la peau le pouvoir de décomposer les matières alimentaires, de les digérer, de les animaliser. — La nature a préparé pour ce grand travail des mécaniques où elle semble avoir voulu déployer plus d'art, de génie et de grandeur que dans tous ses autres ouvrages. »

C'est ici l'occasion d'examiner si ma théorie se prête plus naturellement que la vôtre à l'explication des phénomènes dont nous venons de nous occuper. — J'ai énoncé ma théorie en ces termes : « Les substances animales ou végétales ont toutes un ferment ou levain qui retient la première affinité avec l'oxigène fixé dans le mercure, ou lié avec d'autres métaux ou radicaux. Une fois que cette combinaison a eu lieu, les matières auxquelles il se trouve uni se conservent intactes, immuables, et si l'on peut appeler vie cette manière d'être, leur vie est éternelle. — Je m'éloigne en apparence de la doctrine des chimistes sur la putréfaction des corps. — L'oxigène qui, d'après mes principes, prévient ou arrête la décomposition des substances animales et végétales, l'oxigène, dis-je, est, selon eux, l'agent nécessaire de ces décompositions. — La présence de l'air vital est certainement une des circonstances favorables à ces prcédés ; mais l'oxigène à l'état solide ou de gaz naissant peut, et doit même avoir des rapports différens de ceux de l'oxigène à l'état de gaz ; et c'est de là que dérive la différence des résultats en question.

» Je ne trouve dans les archives de la science, m'objectez-vous, rien qui puisse justifier l'opinion où vous êtes que c'est l'oxigène du précipité rouge dégagé de sa base, à l'état solide, qui produit l'état anti-fermentescible.» Je puis en cela vous objecter que pour que votre théorie fût admissible, il faudrait que les autres oxides métalliques produisissent le même effet, et malheureusement l'expérience prouve le contraire, puisque celui de manganèse, qui est un de ceux qui abandonnent leur oxigène avec le plus de facilité, n'empêche ni la fermentation vineuse, ni la putréfaction, non plus qu'il ne tue les insectes. — Vous êtes dans l'erreur : le manganèse n'est pas le métal qui abandonne avec le plus de facilité l'oxigène ; c'est l'argent, c'est l'or. Aussi l'oxide d'argent préserve de la corruption la viande et l'eau : l'oxide d'or extermine vos maudits insectes, les vérologènes qui avaient résisté aux préparations mercurielles les plus héroïques. Outre les oxides de mercure et ceux que je viens de nommer, nous avons d'autres oxides qui en différentes circonstances se comportent à la manière de ceux-là. — La corruption de la lymphe, occasionnée par le levain de l'éléphantiasis, ou par une diathèse spécifique, les ulcères désespérés, les maladies syphillitiques rebelles ont été guéries par l'oxide d'arsenic blanc : l'acétate de plomb liquide, l'acétate de cuivre, l'oxide d'antimoine détruisent les matières putrides, cancéreuses des ulcères et des charbons. L'étain demi-oxidé est insecticide. — Les oxides de potassium, de sodium, d'aluminium sont de puissans anti-septiques. La rouille de fer ou d'acier brûle et neutralise la matière contagieuse de la vaccine.

Si parmi les oxides il y en a qui n'agissent pas comme anti-

putrescibles, ou anti-fermentescibles sur les substances organiques mortes, c'est parce que l'oxigène et le ferment n'ont
pas assez d'affinité entr'eux pour se combiner intimement,
ou parce que le calorique, ou d'autres causes inconnues s'op-
posent à leur union (1). Le précipité rouge lui-même se refuse
à certaines alliances. Il ne prévient ni arrête la décomposition
du lait, des œufs, ni celle de la teinture aqueuse de rhubarbe,
de menthe, de salsepareille, etc.

Les propriétés que nous avons reconnues aux oxides miné-
raux diminuent à proportion qu'on les prive du principe ther-
mossigène. — On ne peut pas remplacer le précipité rouge par
l'oxide gris de mercure, le muriate oxigéné de mercure, par
le simple muriate. Réduisez tous les oxides, et dès lors ils
cesseront d'être anti-putrescibles, anti-contagieux, insecticides.
C'est donc à l'oxigène qu'ils doivent toutes leurs qualités.

Il en est des acides comme des oxides. Ils ont tous plus ou
moins la propriété anti-putrescible ; tous attaquent plus ou
moins les virus et les miasmes. On en mesure la force et
par les degrés de leur acidité, et par l'affinité qu'ils retiennent
pour les matières qu'on leur présente. — Le gaz acide muria-
tique oxigéné, pour en donner un exemple, neutralise les
miasmes délétères qui s'engendrent dans les hôpitaux, dans
les prisons, dans les navires ; mais son action est nulle sur
les germes de la rougeole, de la fièvre jaune, de la peste.
— L'air atmosphérique au contraire, étant renouvelé, investit
puissamment ces miasmes et devient par cela un des meilleurs
désinfectans. — Il est des circonstances dont quelques-unes nous
sont connues, où l'oxigène de l'atmosphère acquiert des forces
capables de dépouiller du caractère contagieux les maladies
qui le possédaient au plus haut degré.

En partant de quelques observations qui me sont propres,

---

(1) *Voyez* ma lettre à Moseati.

j'ai conseillé dans un temps les vapeurs de l'indigo pour amalgamer les miasmes sur lesquels les fumigations de Guyton-Morveau, de Smith et de Cruskhank n'ont aucune prise. — Nous savons que diverses matières agissent sur l'indigo en le désoxigénant en partie. Les miasmes, certains miasmes ne se comporteraient-ils pas de la même manière ? Ce qu'il y a de certain, c'est que les lieux où l'on emploie cette substance pour la teinture, sont des asiles contre les attaques de la peste d'Orient (1).

L'oxigène n'est pas le seul principe qui jouisse de la faculté anti-putrescible et anti-contagieuse, le charbon prévient la putréfaction des eaux, des viandes, et même désinfecte celles qui commencent à se putréfier (*Thénard*). Le virus pestilentiel, le typhoïde, le poison des flèches de Madagascar sont détruits par la fumée. — Pringle nous a appris que l'ammoniaque, loin de terminer et d'accélérer la putréfaction des corps, s'y oppose avec autant de force que les acides. — En parcourant les fastes de la Médecine, nous rencontrons nombre d'exemples frappans qui confirment cette vérité. Sous le règne de Charles V, Londres était ravagée et en deuil par une maladie populaire. — On consulte les Esculapes. — Les Oracles répondent qu'il faut ouvrir tous les cloaques de la ville. — Les magistrats donnent des ordres en conséquence. L'opération est à peine exécutée que l'épidémie cesse. — Dans toutes les époques de pestes, on a remarqué que les tanneries, les fabriques d'amidon et de suif étaient à l'abri du contagium.

Il est facile de se rendre raison de ces phénomènes. — Le charbon est saturé d'hydrogène ; l'hydrogène entre dans la composition de l'ammoniaque qui s'engendre par la putréfaction des substances animales. C'est ce gaz qui, privé de son calorique, se combine avec les fermens, qui les acidifie et les oxide.

---

(1) *Voyez* mon Journal sur la peste de Constantinople, de l'an 1803.

Les chimistes n'ont pas expliqué différemment l'action des vapeurs acides et des acides sur les effluves et les venins. Marchant sur les traces de ces fidèles interprètes de la nature, je n'ai pas craint de me tromper. — J'ai admis l'acidification et l'oxidation des fermens par l'oxigène et l'hydrogène, non pas parce que les chimistes l'ont dit, mais parce qu'ils l'ont démontré par des expériences directes. — Mon seul mérite est d'avoir fait servir leur théorie à l'explication des nouveaux phénomènes que l'oxide rouge de mercure venait de me présenter.

Au reste, je ne tiens pas plus à mon hypothèse qu'à la vôtre. Je n'ai voulu, en vous écrivant, que revendiquer la découverte dont vous me contestiez la propriété exclusive : mon objet est rempli. Adieu.

VALLI.

DE L'IMPRIMERIE DE Mme Ve COURCIER.

www.ingramcontent.com/pod-product-compliance
Lightning Source LLC
Chambersburg PA
CBHW061514170626
46811CB00004B/1728